그 눈들을 밤의 창이라 부른다

손진은

시인의 말

오래 갇혀 있었던 말들을 내보낸다. 이 시들은 과묵했던 문학소년을 길러 낸 고향의 정경과 일상의 자잘한 사건들을 내 '몫'의 말들로 풀어낸 무늬들이다.

터덜거리는 발걸음이 만나는 민들레, 고라니, 주름을 거느린 삶 하나에도 분화구보다도 뜨겁고 죽음마저 따뜻한 체온으로 녹이는 사랑이 있음을 믿는다.

2021년 여름이 가까운 날에

손진은

그 눈들을 밤의 창이라 부른다

차례

1부 오래 병에 정들다 보니

2부 물들고 터지고 빛나는

3부 투명한 심장들이 안쓰러워

4부 내 몸에도 흐르는 살별들

해설

1부

오래 병에 정들다 보니

허기 충전

수년째 성업 중인,
그 묘한 허기가 떠오를 때마다 가는
밥집이 내 일터 가까운 곳에 있다

'허기 충전'이란 상호를 내건
저 카운터의 흰머리 사낸 알고 있다는 걸까
한 끼의 식사 같은 거로는
원기가 충전되지 않는다는 걸
아니 충전된 허기가 더 검게 빛난다는 걸

밤새 달빛이 어루만지다 간 알 같은
부화를 기다리는
둥근 지붕의 저 식당에는

아닌 게 아니라
펄럭이던 검정 비닐에 구멍 뚫어
마늘을 심던 벌건 얼굴들의 담배 연기와
인근 공사장 인부들 발꼬랑내 나는 군화와

막걸릴 마시다 시비가 붙어
막 씩씩거리는 짧은 머리의 롱 패딩들

허기의 사촌쯤인 불만과
불만의 양아들뻘인 분노와 상처들이
연탄난로 위 주전자가 흘린 물방울처럼
따그르르, 츠잇츠잇 굴러다닌다

삶에 대한 계획 같은 건 아예 없는,
성실한 것이 아름답다고만 믿지 않는 눈빛의,
부시지 않은 빛 두르고 있는,
음지식물 같은

저들은
먹을수록 충전되는 단단한 허기
맷집처럼 키우러 집요하게
소슬한 저녁들을 찾아오는 게 틀림없다

격자의 창틀 아래서

서리 자욱한 머리로 집 마련 미련에
베트남 타이우엔 공사판 갔다 석삼년 만에
옛 동료가 자가 격리하는
높은 창틀 아래서

불길하게 감시하는
눈길 억지로 따돌리고

돌멩이 편지처럼
음식 담긴
비닐봉지 던져 올렸더니
창틈으로 철퍼덕, 받는 소리 울린다

그와 나 사인 불과 10여 미터
허나 그가 갇힌 곳은 설산의
빙벽보다 아찔한 높이라서

말이 서로 통하지 않는

낭떠러지의 늑대처럼
젠장, 화적 떼처럼 출몰하는 집값 폭등 어쩌고 하는
마스크 속 메아리만 달빛에 흩뿌리다 헤어져 오는 밤

너무 멀다, 저 거리
창살의 기간 다하면 눈에 가물거리는 집 찾아 그는 또
머언 이역 어슬렁대겠지만
95% 예방율 백신으로도
이전 우정으로 되돌릴 수 없을 듯한 먹먹함으로
우우우우— 타관 유배지에서 내지르는
구석기식 인사

기우는 달빛 아래
물에서 막 싹을 틔우는 볍씨 같은 그의 언 눈길
새벽 지나도록 내 사는 별까지 헤엄쳐 따라왔다

깎인 것에 대하여

부신 별이 깎아 먹었나
오락가락하는 가을비 속 오수가, 바람에 이저리 날뛰는
검은 비닐이 축나게 했나

스피커 녹음이 흘러나오는
손잡이 떨어져 나간 문짝 트럭 앞
장화 신은 오목눈 야윈 사내와 두툼한 솜바지
아내가 쌓아 논 과일탑들 어째 수상하다

수상하다 한 상자 마넌 칠처넌 해서 나가 보면
주둥이 턱없이 깎인 기다란 나무 상자
한 다라이 오처넌 해서 나가 보면
양푼에도 미치지 못하는 스티로폼 방석 위 열매들

아니지 깎인 건 그것만이 아니지
젖은 포장 속
석유곤로에서 끓는 찌개 후후 밥 말아 먹으면서도
"사과요 배요 바나나요" 외치던 사내 목소리

깎인 건 한철 침대요 탈의실인 포장 트럭
때 전 빤질한 담요 그을린 내외 수심

청도 매전 어느 두메서 산두벼 걷이 끝내고
할매에게 맡기고 왔다는 다섯 일곱 두 딸
코딱지로 기다리며 섰을 신발 뒤축
고개 숙인 동구洞口의 맨드라미

그러니 에라이 화상아, 여직 깎이지 않은 건
네놈 덜떨어진 생각
경찰 호루라기 빽빽거리는 공터에서
여기저기 몰리며 심장이 다 깎인 부부에게
만 원 칠천 원 오천 원으로 한 상자 한 다라이
한 보따릴 삼키려 했던

철면피한 바로 네 꿍심
알량한 심보의 상판때기라 중얼거리며 쏘아 대는 하오의 햇살

점박이꽃

발을 헛디뎠을까
차가 향기의 벼락 속으로 뛰어든 걸까
지품에서 진보로 넘어가는 국도변에
만삭의 노루가 앉은 듯 누워 있다

금방 어린것이 나올 듯 황갈색 배 꿈틀거리며
기품 있는 목은 든 채
하트 모양 발굽 향기를 찍으며

저 순한 어미는 알까
곧 어룽이는 빛살 속에 찬 기운 섞이고
화사한 생 거두어 갈 것을
가장 먼저 알아볼 개미가 몰려들 것을
쿡쿡 독수리가 발톱으로 찔러 볼 것을

귓불 도톰한 상수리 잎도 읽지 못하는
구름이 놀고 있는 가랑가랑한 눈의 호수
아지랑이의 현기증 일으키는 젖은 코

저 일렁이는 꽃 시간

아무것도 모르고 까치는 날아와
발끝에 향기 찍어 상수리나무 어깨로 날아간다
건듯거리는 바람이 왜 그래, 어깰 툭툭 치며
부신 햇살에 타는 털 오래 만진다
빤히 쳐다보는 저 눈동자가 사라질 거라곤
곧 이곳을 방문할 죽음의 그림자도 생각 못 할 것이다

생의 아른한 둘레가 한 획 쉼표로 편안해질
한 마리 순한 짐승이 만드는 눈의 경전 앞에
내가 지은 경계가 사정없이 무너진다

이제 곧 길 가던 농부가 꽃향기를 수습해 갈 것이지만
저곳의 햇살은 노루가 떴던 눈을 감는 속도로 저물어 갈 것이다
둘레도 풍경도 될 수 없는 난
조각구름만도 못한 안부를 던져 놓고 갈 뿐

개의 표정

두어 달 전 명절 끝날 산책길
인적 뜸한 고향 신작로를 지나다 들었네

점잖지 못하게 왜 그랬어?
오빠란 놈이 동생을 그렇게 하면 어째?
아침 공기 잔잔히 물들이는 어떤 중년의 음성

그 오빤 보이지 않고 하,
누렁이 한 마리가 고갤 숙여
그 말 고분고분 듣고 있는 곁엔
누운 암탉 한 마리

(아마 옛 버릇을 참지 못하고
유순하던 개가 닭을 물었던 모양)

머릿수건을 쓴
그의 아내인 듯한 환한 여인은 또
왜 암말도 안 하고 아궁이에 장작불만 지피고 있었는지

지 몰라

가축 두어 마리, 가금 대여섯
키 낮은 채송화 분꽃, 해바라기와 사는 필부인
그 사내 부부의 울타리 너머
꿈결같이 들은 그날의 음성과

실수 때문에
가책받은 얼굴로 고갤 숙이던
그 착한 개의 표정을 생각하면
지금도 내가 다 죄인인 듯 마음이 저려 온다네

알아듣기나 했으려나 그 말?
메아리 소리 곱게 울리던 그날 아침
아 참, 내가 진정 못 본 건 또 무얼까?

자운영 꽃밭

봄 들판에 일렁이는 그림이 그려진다

흙투성이 침대에서 파이프 담배 물고
겨우내 골똘한 생각으로 게으르게 뒹굴던
뼈만 남은 사내가
햇살 사이 구름 잡아당겨 순식간에
흙 속 손가락 숨겨 논 물감에서 불을 붙인
반쯤은 희고 반쯤은 붉은
미세한 분할에 따라 배열된 저 이파리 속,

미소 머금은 식구들 실은 달구지와 덜컹이는 자전거,
시골버스가 세월의 곰팡낼 풍기며
지나가고

한껏 느긋하게 달근한 공기들과 나비 벌 떼까질 점묘하던
황야의 화가는
허나 절정의 순간,

쟁기를 불러 서둘러 작품을 흙고랑으로
밀어 넣어 버린다

그래 절정의 순간,
휘뚝휘뚝 흙 속으로 묻으며
잘 익은 밀이나 감자 냄샐 당기는 심사는 또 무언가

그 물음 끝에 문득
세월과 태양이 버무려 놓은
잘 익은 거름 냄새 나는 그림을 덮으며
피어나는 아지랑이 떼

해마다 습작도 없이 연작들을
그리고 있는 줄도 모른 채 붓을 휘두르는 화가가
대체 예술이나 숙련된 기술 탐해야 할 필요가 어디 있냐며 클클,
웃음인 듯 훈계인 듯 하늘 화폭을 물들이는

딱따구리 소리는 날 멈춰 세우고

겨울 염불암 가는 길
솔바람 소리 속 청딱따구리가 걸음 멈춰 세운다
긴 부리의 저이는 가시 달린 혀로 수피 속 미물 낚아챈다 한다
목질 틈에 숨어 첫 숨 몰아쉬는 딱정벌레
장수하늘소 유충의 떨리는 심장을 생각한다
그러나 나는 저이가 벌레를 쪼고 있다고만 생각지 않는다
타탁 탁탁탁 타타타타
타자기보다 경쾌한 울림 공중에 흩뿌릴 때마다
나뭇결 어둔 속은 조금씩 파헤쳐져
보드랍게 부스러기들 떨어지고
바람이 고루 숲에 뿌려 주는 그 향기에
벌레들은 또 달려들 것이다
으늑한 적막 부푸는 골짝에
이내 사라져 버리는 말의 장단 끝없이 새기는
불붙는 부리의 내공도 내공이지만
선한 눈빛의 저이는 날 멈춰 세우고

기어코 나무의 내면까지 들어가려는가 보네
따악딱딱딱에서 출발한 소리가 터엉텅텅텅이 될 때까지
나무의 깊이를 빛의 광휘로 바꿀 때까지
마치 나무 하나가 산 전체를 품은 걸
알아채고 있다는 듯
어둠 내리는 시간인 줄도 모르고 지켜보는
내 발등이 시려 온다는 것쯤 아예 안중에도 없다는 듯

물의 설법

일기예보가 어긋났나,
피서 온 가족은 숫제 물의 지배 아래 들었다
폭풍우의 멱살잡이에 제 성질 못 이긴 창이 덜컹거린다
쿵쿵 우둥퉁 쳐들어오는 물기둥은
햇살에 수런대는 나뭇잎 기척이며
지저귀는 새소릴 작살내고
배음으로 흐르는 시냇물 아예 감옥으로 처넣는다
손을 넣어 만질 수도
벌컥 삼킬 수도 없는
저 돌멩이가 다 된 물은 무엇 때문에
혁명처럼,
쿠데타처럼 깡패처럼
세상을 온통 찢을 듯한 훈계로
도회의 더위와 피로 피해 찾아든 식솔들에게
막무가내 가르치려 드는가?
대답할 기회도 주지 않고
오도도 떠는 몰골로 들으라고만 하는가?

다음 날도 또 그다음 날도
습한 이불 끌어 덮어도
꿈속 몸을 불리는 불길한 새끼 원숭이들이
나타났다 사라지곤 하는 밤
딱딱한 공기를 더 딱딱하게
음울한 것을 더 음울하게
우리 간까지 슬슬 보는 손아귀에 가슴을 잡힌
세찬 급류의 며칠

돌로 핀 험상궂은 물의 말씀, 그와 맞닥뜨리기 전엔
생이 그리 놀라운 것도 두려운 것도 알지 못했다

오래 병에 정들다 보니

오래 병에 정들다 보니 알겠다
병에도 위계가 있다는 걸
사막의 사자처럼 센 놈이 늑골언덕 깊숙이 사무치면
위아래서 빼꼼히 얼굴 내밀던 치들은
얼른 엎드린다는 걸
그러다 그 정든 병 유순해질 즈음이면
꼬리뼈에 핏줄에 마음의 살들에 숨어 살던
밀사들 얼른 고갤 들어 세력 다툰다는 걸
때로 다른 불우의 습격에 스러져 간 놈들,
내 영토는 버려진 마음들과 병이 암수가 되어
식구를 들이고 곁에 눕고 몸을 내줬다는 걸
지금도 엑스레이를 보면
내 몸의 왕국 점령하고 나부끼며 쇠락해 갔던,
때로 통보도 없이 왔다 간 환후의 연혁 아련히 남아
있다는 걸
그런 줄도 모르고 미망과 헛것에 골몰했던 불모의 영
지에
파란만장 술과 국밥, 울음과 다정 흘려보냈던 목구멍

의 뻔뻔함!

오오래 병과 뱃동서 하다 보니 알겠다
비 온 후 공터에 키를 늘이던 잡초의 생몰처럼
내 영토에 머물다 간 그들 잘 건사하지 못했던 불우가
지난 왕국의 역사였다는 걸

추석날 아침

신나게 페달을 밟는 소년이 힘차게 솟아오르고
바큇살도 덩달아 광채 뿜으며 공중돌기를 하는 아침
직진하는 트럭은 아직도 속력을 줄이지 못하고

붙들린 가로수의 눈초리들이
불타는 공중제비를 본다

소년의 손목시계가 일곱 시를 가리키는 아침
궤도에 진입하는 위성처럼
출렁이는 공기 속 소년의 얼굴은 여전히 붉고
머리칼은 바람에 날리고

셔틀콕인 양 소년을 튕겨 올린 덤프트럭이
끼익,
도로에 바큇자국 남기는 동안에도

추석빔을 차려입은 설레는 소년과 자전거는 아직 공중에서

큰 원을 그리며
성큼성큼 난다

어! 어! 어!
아침의 때아닌 공연에 놀라며
새들이 퍼덕인다

그 어린 영혼을 받으려
옥색의 공기들이 화들짝!
가슴에서 둥근 손을 꺼내 드는 추석날 아침

빗방울에 대하여

온다, 타던 가뭄 끝에 반가운 것들이
바람에 실려 몰려온다 물큰, 흙비린내가 건너오고
입 벌린 풀과 나무 대지가 얼싸안고
내 머리통과 손바닥을 때려 대던 그들이
목멘 개울 바닥에 웅성댄다
물줄기의 가슴 온통 벌겋게 하는
저 경쾌하고 날랜 춤들
긴 주둥이의 개울이 저들을 삼킨다 말하지 말라
웬걸, 저 물 속 껄껄 웃는 작은 용사들
중공군보다 더 많은 떼가
개울의 위엄을 만든다
광야로 목젖 열어젖혀
풀뿌리 산 것들의 뼈 일으켜 세운다
먼저 온 이들 어깨 위에 호기롭게 퍼질고 앉아
강의 살과 비비며
바다로 제 몸 밀고 갈 것이다
넘치는 개울의 당당한 일원이면서도
저를 드러내지 않는 하늘의 저 싱그러운 아들들!

물이랑마다에 저이들 울음이 심겨 있다고
선불리 말하지 말라
기껏 한 방울, 한 줌이라지만
오래 지켜본 자들은 알 것이다
뛰어내리는 저 무수한 발걸음의 긍지가
마침내 너른 강과 빛나는 나루, 푸르른 숨결을 이룬다는 걸

덜어 낸다는 말

그 찻집 드나들다 벗이 된 이들이 있다네
창 너머 고분들 사이
메타세쿼이아 다섯 그루
별 간격도 없이 서 있는 나무들,
가운데 두세 그루는
발라낸 생선 가시 같은 가지가 되도록
몸뚱이와 잎, 그리고 살을 덜어 양편
나무에게 흘려보내고
그 마음 아는지 양편
나무들은 또 서로 다른 쪽 잎사귀들만 펼쳐
그럴듯한 한 그루 나무로 바람에 부풀어 솟아오른다네
다섯이 몸피를 조금씩,
줄여 한 그루의 호흡으로 뿜어내는 저 연초록 불길!
챙강챙강, 저이들 햇살과 빚어내는
슬기로운 그늘을 덮은 사람들
경계도 없는 오수를 즐긴다네
그 속에 곤히 잠든 새들 등을 부드럽게 토닥이다

순한 바람이 일면

또 무슨 밀린 이야기를 나누는 다른 나무인 듯 같은 나무의

저. 저. 저. 저 파닥이는 잎들

찻집 프리쉐이드 창가

찔리지 않고도 아려 오는 내

가슴도 낮달로 떠 흐르는 오후라네

2부

물들고 터지고 빛나는

소매치기
—시인을 위하여

그는 돈이 어디에 있는지
기차게 안다
껍질 속 알갱이들의 두근거림과 한숨
가장하는 무표정까지
표적의 움직임이 아니라
옆 사람의 시선, 소란이 만들어 내는 공기 속
폭발의 중심에 놓여 있는 불붙는 손.
아무렇지도 않은 듯
배경 속에 녹아 있다가도
그는 달뜬 풍경 속
구멍을 뚫고
마침내 다른 이 가슴으로 대로大路를 낸다
그때 배경이 풍경을 불붙였다
뒤늦게 화들짝,
우리가 빈 호주머니의 허전
더듬고 있을 때
가짜 주민인 듯 가가호호의 문밖에서
마음 갈피만 다만!

서성이고 있을 때

만년필

저이만큼
흰 종이가 숨긴 저잣거리를, 가파른 계곡을
잘 파헤치는 이는 드물리

고요와 소음을 가로질러 가는 저이의 발자국이
발자국의 열정이
미소 짓는 운명을 타고난 사람들 표정보다
광산이 거느린 분화구보다
더 뜨거우리

백지의 첩첩계곡 들어가 답답한 것들을
부둥켜안고,
오오래 심해에 갈앉은
겹겹으로 둘러싸인 숨결에 주파수를 맞추는
저 입술이 지나간 백지엔 더 이상 낱장의 평면은 없으리

도약을 위해 고개를 박은 말꽃이 컹컹, 혹은 화들짝

피어날 때까지
저 곡괭이는 죽음마저 따뜻한 체온,
사랑을 캐내곤 했으니

어느새 시큼해진 발자국
뒤꿈치에선 마악,
몇 마리 나비
팔랑체로 넘실거리는 글줄을 피워 올리리니

저이는 가파른 거죽을 갈아엎으면서도 히힝,
눈물이 고인
푸른 힘줄의 울음을 운다

적멸을 위하여

건듯 바람에 햇살 알갱이 떨어지는 소리 들리는
한적한 산길,
민들레며 소루쟁이 보리뱅이 조뱅이와 함께 서서
부위 가리지 않고 먹어 대는
한 떼를 본다
반쯤 입 벌린 채 발효를 시작하는 고라니의 살
금맥인 양 파들어 가는 저 떼
현기증 나는 꿈틀거림의 파도는
죽음이 불어넣는 가장 숭고한 율동
때로 바람은 코에 향을 키질하고
햇살과 적당량의 습기는 달콤한 식욕 불러들이는 소스
갈빗살이며 등심
소주잔과 트림, 헛소리를 알 리 없는 놈들은
산해진미를 앞에 두고도
깨작거리는 치들과는 다르지
열중한 육체는 구경꾼을 의식하지 않는 법
그들 슬고 간 어미의 윙윙거림은 안중에도 없다

지금은 다만
존재를 수백 수천으로 불리는
집중된 움직임만이 필요한 때!
저 고라니처럼
잘살았다고 미소할 때
통통한 신생의 자식들이
안방인 듯 쳐들어와 입가에 눈 속에 오장육부에 달라붙어
가장 부드러운 살결로 물들고 터지고 빛나는 것이다

못,에 대하여

잔잔한 줄 알았던 몇 년
우리들 사이엔 못,이 웅크리고
있었다 그건 또 꽝꽝 언 강이기도
그동안 연락을 못, 드렸네요
쓰려다 섬뜩해서 지우고 못, 받았네요
다시 쓰다가 상처 헤집을까 이내
못,을 부러뜨린다
그이와 나의 얼음장 같은 시간이
흔들리는 뼈를 주고받는
삐딱하게 박힌 녹슨 틈새였다니!
나는 찔렀던가 찔렸던가, 그이의 무언에 피를
냈던가 그 피는 붉었던가 퍼렇던가
고요한 아침과 밤들은 엉켜서 부러졌던가
번질번질한 녹물 같은 몇 날 며칠 또 못, 먹고
뒤챈다 그래 피칠갑을 해도 싸지 유령처럼
올라오는 그놈의 못,에 박혀
부러진 못,의 대궁처럼 박혀
울지도 빼지도 못하고 뼈가 다

껙껙댄다 못,은 내 몸에 소화되지
못,하고 뚫고 나올 것 같다 이러다
"야! 못, 제발 일어나자" 말 대가리도
쏘옥, 들어간 채

못,이 된 몸으로 이른 봄 풀린
못,물과 눈 맞춤할 수는 있으려나?

우루무치의 낙타

긴 속눈썹을 가진 저 늙은 녀석은
날 비웃는 게 틀림없다
그 등에 올라타기만 하면 움찔, 몸을 일으켜 세우다
무릎이 꽃대궁인 듯 허물어진다

위구르인 몰이꾼이 오르면 멀쩡하다가도
모래 파도와 지평선과 미라를 거느린
초조하게 숨죽인 마음을 꿰뚫고 있다는 듯
뒷다릴 비틀거리는 심사는 또 무언가

어느 것으로도 바꿀 수 없다 믿는 내 몸과 머리도
똥덩이 쯤으로 여기는

되새김질하는 입과
흐릿한 침묵과 분노를 띤 저 눈이
내 어수선한 심사를 밀고 들어온다

(저 썰물을 나는 되돌릴 수 없다)

한번씩 몰이꾼의 채찍에 멋쩍은 콧김
허공에 뱉으며
목을 빼고 과장과 허풍의 몸짓을 보이는
놈의 씰룩이는 저 코와 동공은

알고 있음이 틀림없다
저가, 허깨비들을 영겁의 허적虛寂으로 실어 나르는
이 왕국의 사자使者라는 것을

나 같은 치는 눈 속 티끌 하나도
쓸어 낼 수 없는 좀팽이라는 것쯤도

예감

눈 오는 잣나무 숲길 사이로
앞선 발자국 따라가다 보았다
능선에 막 벙그는 분홍꽃 머플러
사슴 목을 한 어떤 이가 흘렸나?

낮은음자리 노래가 주위에 어룽댄다
긴장이 장신구 소리를 낸다

들은 것도 같다
"내 심장에 웬 나비 떼?"
얼떨결에 풋봄 한 떨기 목에 두른 능선이 내뱉는
나직하나 울창한 음성

엄살떨지 말라고 풀썩,
잣나무가 눈덩일 던지며 핀잔을 주지만

골골에 찍힌 잔별 같은 사람들 아득해질 때
필시 꽃을 놓쳤을 그이 목둘레의 허전을 타고

멀리 또 깊게
한 입김이 가는 꽃물결 골짜기에 풀어

청청青青, 허공의 귀가
붉은 예감을 끌어당긴다

천공天空의 둘레에 총총한 별 시곗바늘
흐드러진 개화를 향해 바르르 기울어지는

시간 도둑

사오십 분 아니 그보다 더 일찍 도착해
텅 빈 방 출렁이는 고요의 수조에
혼자 담겨

세운 등지느러미 까닥이는 숭어처럼
가만히 헤엄친다는 것

햇살 알갱이가
안 띄던 식탁 위 얼룩과
내 발목을 오오래
핥고 가는 걸 본다는 것

이저리 번져 가는 생각과 사연들
톡! 톡!
산소 캔인 듯 천천히 따 먹어도
남는 시간의 태엽 속,

막 한 친구가 들어와

언제 왔어, 물으면
아, 나도 방금! 윙도릴 벗으며
짐짓 능청도 부려 본다는 것

세상에! 유리창에 한번씩 지나가는
천사와도
눈맞춤한다는 것

미수未遂라곤 있을 수 없는
나의 죄목罪目은

왕의 말씀

가만, 현실玄室 유리벽 앞을 슬슬 다가오네
버스에서 내린 청바지와 안경 들이

음, 많이 부식되었군!
해설사가 금관과 허리띠 장식, 청동 신발을 가리킬 때
짐의 피돌기는 막 부패를 시작한다

재와 껴묻거리, 진흙과 자갈을 훑어 내려오는
저 눈들의 시선이
보얀 먼지 속 기세등등하게 달려오던 적보다
곰삭은 일천 수백 년보다 더 끈적하다

그럴듯하게 포장된 짐의 일생은
헐한 향기로 그들 눈귀 적시거나
다른 풍문으로 퍼져 나갈 뿐인데

무엄하다
봉인된 짐의 침실, 들키고 싶지 않는 세목

들쑤셔도 된다는 건가?

당장 갈아 끼우렷다!
멀뚱하게 빨려든 유리벽 너머
저 눈과 짐의 것을,
그리하여 저들이
다시 천 년의 구경거리가 되도록!

말씀들
저! 저! 목구멍까지 치밀어 오르는

네 채의 집

—시집 세 권을 한꺼번에 받고

새집 한 챌 사서 정붙이고 살았는데
후한 집주인이 그걸 알고 세 챌 더 지어 주어
얼떨결에 안았더니,

생나무 향내 가득한 깊숙한 이 집 어딘가에
비밀이 묻혀 있을 것 같은 예감!

다시 걸어 보는 집 구석구석에 떠도는 음악이며
거울, 만져지는 귀
무언가 기어 나올 것 같은
이 집의 가슴

네가 살았음 더 좋을 것 같아, 마음속 사람에게
한 채씩 내어 줄까

처음엔 이 집의 율법이 밀어내겠지만
이내 촉수를 내릴 방의 칸칸들
행간에 채송화도 작약도

테두리엔 감 배나무 그림자도
햇살과 바람 천둥 씨앗 더불어 심고

별과 뒷산, 하늘 앉힐 일에 두근거리는 마음에
생각이 가벼워진 집들의 책장이
숨 쉬고 호흡하고 물결칠 때

궁리 중인 활자가 개미 떼처럼 행을 기어 나올 듯
재잘대는 햇살의 웃음 눈부시다

말라 가는 벤자민 화분 곁에서

마침내 곡기를 끊기로 작정하고 돌아누운
거무튀튀한 짐승 앞에서 물뿌리개로 어르고 달래는
예니레의 안간힘 끝에 나는 만났다

그 몸통 안에 웅크린,
적의를 품고 있는 것이 분명한 떡잎 속
둥글게 뭉친 눈의 회오리!

결코 아닐 것이다
물과 내 그림자와 근심으로 간단한 식사를 마친
저 눈동자가 나와 선부른 화해를 시도하려는 건

한 번 더 속아 줘? 저 좀팽일 그냥!
아직 날 달린 날개를 내밀 결심 서지 않은 듯
웅크리고 앉아
제 깃털만 가다듬고 있다만

눈망울의 단호한 침묵이 잠과 꿈 다스리는 며칠이 지

나면
　저 부리는 사정없이 밤의 늑골, 내 살과 뼈를
　찌르리라

　아무리 베고 찔러도 들썩이는
　공기의 겨드랑이 밑에 앉은 새벽,
　하늘빛을 점화시키는 날개들에 숨은 봄날을 위한

　아, 하고 입 벌린 기다림의 나날이 다시 시작되었다

나무들의 묵시록

밤새 어떤 발들이 여기저기
검고 딱딱한 거죽 저리 들어 올려놨나?

돌아보면 들었다 놓았음이 분명한
저 플라타너스들의 뒤꿈치!

아스팔트와 보도블록은
이제 더 이상 그 큰 발 가둘
감옥이 될 수 없단 걸까?

아무도 모른다
녹슨 햇빛 빵과 산성비 국, 먼지 두루치기 식사하면서도
대놓고 멱살잡이도 못 하는,
눈곱을 매단 그들이

우두, 우두둑 구불한 발가락 꺾어
포도와 보도블록 들어 올리며

우듬지로 하늘 치받으며
언제 흙냄새 나는 곳을 찾아 진격할 줄은

성욕도 잃고
생명보험도 없는 이곳에
끈적한 똥오줌 싸며 시들고 싶지 않단 걸까?

속히 오리라, 이 말 돌로 굳기 전
그리운 푸른 기운 상속받으려
먼 지평선,
새로운 별자리 문신을 새기러

아스팔트를 거북 등껍질처럼 가르며 사납게
씩씩거리며 이주를 하는,
너덜너덜 비듬을 흘리는
저 절뚝이는 거인족들의 행렬 시대가

벚이라고 하고 벗이라고도 하는

쾌활한 구름이 뛰어내려 일 년에 한 여드레쯤 길고 긴 떨 공중에 펼치다 가시나

허물어진 성, 장렬히 전사한 대왕의 혼령이 그 먼 옛 기억을 불러 올해도 저 뽀얀 성벽을 세우시나

이름이 벚이라고도 하고 벗이라고도 하는,

그 많은 연셀 자시고도 여전히 화사한 족속들이 피워 올린 낭하 속

의무와 간섭에서 벗어난 저 바알간 볼우물의 천사들이, 벌 떼와 삼겹살과 햇살 바람들과 얼려 걸어간다

이름이 벚이라고도 하고 벗이라고도 하는,

무뚝뚝한 가지들이 오물오물 축조한 순결한 저 혼魂들의 성!

잃어버린 심장을 찾으려 가릉거리는 우리 안의 원숭일 달래려고 하늘은 한 번씩

여린 목젓의 환하고도 정결한 성가곡 허공 가슴에 흩뿌리시나

사월의 혼례

둥둥, 구름이 힘찬 팡파레를 울리는 아침나절
배꽃의 즐거운 혼례가 한창이다
머릿결 빗기는 바람 잉잉거리는 벌 떼가
면사포의 원광 두른 신부의 소식을
실어 나르느라 분주하다

턱시도 말쑥하게 차려입은 까치들과
노랑 넥타이 성장盛裝한 개나리의 안내로
멀리 서풍과 구름기차 타고 온
민들레 합창단 똥그란 입술에서 흘러나온 목소리가
나비 떼 더불어 품 넓은 하늘 속으로 울려 퍼진다

긴긴 계절의 터널을 함께 건너온 들고양이들도
발부릴 간질이던 개미 떼도
탱자나무에 세들어 사는 참새들도 온통
수줍은 부케에 손수건 흔드느라 분주하다

새소리 이슬 햇살 깨물고

다디단 공기들이 온 등성이에 불씨를 물어 나르는
사월이 눈부신 이스트처럼 부풀어 오른다

이제 곧 혈관 속을 쏘다닐 찬비의 날도
구름 없는 밤 번뜩이며 천지를 가를 천둥의 시절도 오리라
허나 생이 어디 쏟아지는 우박 몇 번에 속절없이 무너질 꽃대던가

예나 지금이나
순결한 신부들은 대지에 맹서한 저 하얗고 영롱한 추억의 힘으로
제 울음과 사랑을 품어, 가슴에 겨드랑이에 팔다리에 머리통 굵은
새끼까지 키우며 긴 생을 견디는 것이다

3부
투명한 심장들이 안쓰러워

꽃 피는 소리

꽃이 피고 있다
열어 논 창가
한없는 어둠이 시위병처럼 들러선 밤
찻잔 받쳐 든 두 손에 모이는 떨림들!
질식할 만한 두께로 누르던
하루가 천천히 빠져나간다
외피의 그림자들 주변을 싸고돌고
빨라지는 꽃대의 박동
그 앞에서 머뭇거렸던 경계를 지우며 훅,
돋아나는 밤의 불씨들,
등허릴 덴 공기, 공기들이 자리를 비켜 준다
조용한 밤이 불쑥,
딱지 앉은 살가죽 뚫으며
팅! 팅!
스프링처럼 공중에 심장 튕겨 올리고 있다
덜컹이는 찻잔 위 내 입술은 다만
그 격정과 소란을 받아 마실 뿐

물방울 속으로

초여름 하오 산책길
오늘 내게 놀라운 사태事態는
연 이파리 위
소리 물고 파닥이는 물방울을 보는 일

제 몸에 똬릴 트는
하늘도 해도 털어 내며
굴러 내리는 맨얼굴의 말 알아듣는 일

바람이 건듯 불어 청개구리가 건너뛰면
또그르르르
한번 또 투명한 심장을 깨는
그 가벼움의 빛 가슴에 점등하는 일

머물던 세상, 손 탈탈 털고
한 방울 바다의
중심으로 뛰어드는 일

밀어라 밀어라 바람아
전율하는 이 가슴을

수평선을 기울였다 펴는
세상 가장 아찔한 상쾌 속으로!

시

그때 예기치 않은 한 손님이 찾아왔다
내가 쓴 문장 속 식구들이 서로의 목소릴 내며
문 닫고
등 기대어 돌아앉아 있을 때

그는 외계에서 온 것도
문을 따고 들어온 도둑도 아니었는데도
식구들은 몰랐다

공기인 듯
물줄기인 듯
식구들 틈으로 스며들어
모를 소리를 풀어내고 뚫어내고 녹여내는 그의 발걸음을
그가 감쪽같이 사라진 것은 더더욱

거짓말같이 한방 가득
맑은 기운이 퍼졌다

오래 후에 그들은 눈치챌 것이다
가는 길은 분명 하나가 아니었지만
그 때문에 모르는 사이에 얼려 가는 길이
하나 열렸다는 걸

때로 한 말은 죽어 다른 말을 당기는 법이다
무심코 넝쿨을 끌어당겼을 때
흙 속 여기저기서 딸려 나오는 고구마처럼

나와 고양이와 소녀 이야기

아, 그 시절 우리 안방 옷장엔
고양이 몇 마리 살았더랬다
그 곁엔 눈초리 또렷한 몇몇 소녀들도

어머니의 손끝에서 태어난 그이들은
대낮의 분주에서 돌아와
밤이면 그곳으로 스며들곤 했던 것

옷장 속에 살던 고양이와 소녀 이야기는
내 일기장에도
새벽 내 꿈속에도 옮아 붙었다

헐렁한 시절, 자주 빠지던 가난의 늪
가끔씩 출몰하던 악어 떼에 물어뜯긴
뒤꿈치, 그 휑한 구멍을

내 어머니는 짱짱한 겨울의 한가운데서
헝겊이나 스웨터 자락에 가녀린 바늘로

고양이, 눈매 이쁜 소녀를 양말의 뒤꿈치에
봄을 부르는 노래와 함께 깃들게 했더랬는데

그 시절의 고양이와 소녀는
이야기를 짜던 작가가 먼 길 가시고도
내 기억의 서랍 속 불씨
꺼지지 않는 불씨를 물어물어

봄은 온단다, 봄이 오면 뭐할 건데
아직도 내 속에서 말간 눈동자로 속삭이다
이젠 완연한 봄이잖아, 중년 가장 튀어나온 뱃가죽을 향해
짐짓 어깃장을 놓는다

내 안의 저 동물 친구들은
얼마나 다정하고
얼마나 두려운가

느티나무 화초장

이것은 인자한 어른에 대한 이야기다

열여덟 새댁이 상주에서 모시고 온 연둣빛 하늘이다
예순다섯 해 경주 손씨 안락당파 종부의 안방
바람과 뙤약볕 빗줄기와 눈발 송글송글 들이던 이마로
기제사 까까머리 의젓한 절 귀애하던 분이시다
욱실욱실한 손들 살뜰한 마음과 꿈
텃밭 바랭이 수염과 쇠비름을 주름에 다져 넣으시던 분이시다
농지기 사성보 저고리 의관들
골목과 수염과 한낮의 태양을 빳빳이 풀 먹여 개키시던 분이시다

꼿꼿이 앉아
다듬이 책 읽는 소리 축음기 소리
적막해진 집안 묵힌 잡초와 떠도는 구름
안쓰러이 안으시던 어른이시다
살짝 들린 어깨선,

앞가슴엔 휘늘어진 난蘭 가지 더운 이슬 위에서
여치들 그네를 타고 달은 부풀고

제 살 비벼 여린 빛으로 울음 틔우는 매미
수선화문의 광두정 곰보 얽듯 깔리고
제비초리 경첩 쌍버선문에
동백기름 참빗질을 하시는 분…… 헌데

저분은 누구신가
고층 장손집 네거리 나무 그늘에서
쬐그만 숨 몰래 내쉬는 저분은
그 집 주인 부부의 마음을, 머릿속 생각까지 눈치챈 듯한 표정으로
차라리 새파라니 한 그루 나무였던 시절로 돌아가고 싶어 하시는 저! 저!
저분은 누구시란 말인가

기분이 상하셨나 세월 탓인가
아무튼

이것은 모시기가 참 난감해진 어른에 대한 이야기다

어떤 산수화

밥 끓이는 집 굴뚝, 낮은 연기가 넌출로
뻗어 가는 고향 누옥
그녀와 내가 오랜만에 장작을 팬다
그녀 공중의 갈피에 메기는 부챗살은
장작, 그 마음의 밀봉을 팅! 팅!
잘도 풀어내는데
웃통 벗어던진 팔뚝에 땀방울이 흐르게 내려치는 내
완력은 왜 껍질의 생채기만 뜯는가?
뜰 앞의 감나무 몇 멀뚱히
이 무안을 지켜보는데
팔순의 낙락落落한 그녀가 나무
바알간 속살 속 길을 낼 때
먹지도 먹히지도 않는 그녀 가슴은 팡! 팡! 팡!
공중에 연신 꽃을 피우는데
중년의 손끝에 온몸 실은 섬뜩한 도끼는 왜
스크럼 짠 생목의 결사항전만을 끌어내는가?

죄 없는 나무 비명만 쌓이는 아침 녘

밥 먹고 하자, 뜸 들이는 냄새 같은 그녀
목소리에 도르르 말리는
배추벌레 같은 마음은 또 무언가?
빨갛게 익은 눈으로 이 풍경을 넌지시 내려다보는
산 위에 해님의 마음은 또?

이슬

왕관처럼 둘러쓰고 있었다
콩밭도 바랭이도 감나무 잎새도
바알간 발가락의 새들도

새벽 밭길 가다 보면
내 무릎에서 깨지는 고 투명한 심장들이
안쓰러웠다

대기가 추위와 붙어 낳은 그들
하늘 품에 안겨 있다가
벌레 소릴 배음으로
사운거리며 장가드는 왕자들을

손 내밀어 반기는 대지의 신부들
몰래 솟구치는 꽃망울들

소나기 말고
장맛비는 더더욱 말고

매일 밤 자는 머리맡에
몰래 타는 목 적셔 주는
또록또록 뜬 눈동자 같은 것 있었으면 싶었다

가끔 부릴 죽지에 묻고 있다가
해가 보금자리 걷어 내면
날개 파닥이며 하늘로 돌아가기도 하는
작은 새 같은 그들

빠지는 발톱의 말

아팠지만 표시를 낼 순 없었다
죄인처럼 머리 조아리고 있어야 했다

어디 닿기만 해도
쏘아 대는 세포들 눈짓 사이
애써 무안을 태연으로 가장하면서
날아가는 무덤이라도 되고 싶은 몸 꾹꾹 눌렀다

거북등처럼 얹힌 줄 알겠지만
들어 봐, 내 몸 안쪽에서 퍼져 나가는
고름의 종소리
핏빛 숨긴 내 살의 향기를

길 위의 이슬과 먼지, 해와 별 당기고
공화국이 몇 번 바뀌도록
적막 다지며 지어 온,
이제사 짐승 같은 시간 털어 버리고
한숨 돌리려는 내 각질의 집에 둘린 이 그늘을

그래, 꽃봉오리 시절도 있었으니
소리 소문 없이 변명도 없이

하얗게 바랜 잠,
삭아 가는 살집의 주름 뚫고 나올 새집들
밀어내는 만큼
꺼먼 그림자 남긴 채 푸석한 서까래로
스러져 가는 거다, 내 새끼들아

저 꿀벌의 생

내 기억 속 우체국 마당
열 지은 오토바이 하나에 올라
시동을 거는 우체부,
빨간 모자 눌러쓴 저 꿀벌이 이쁜 눈매를 꽁지에다 매달고
골목으로 날아간다

타! 타! 타! 타! 타!
수척한 등을 보드랍게 두르는 햇볕의 직물은
누가 짜는 걸까?

고샅에 허파꽈리처럼 매달린 주소지
가슴속에 새기던 갓 스물 첫 출근길이
길 냄새를 맡은 바큇살의 출렁임과
상자 가득 출렁이는 사연의 어깨춤을 알아 갈 때까지

저 바퀴는 수십 연래
비바람과 눈보라, 햇살 감은 채로 청밀 물어 나르고

마음은 부푼 날개보다 먼저 곳곳에
당도해 있었을 것

골목길과 담장 구름을 뚫고 가파른 언덕길까지,
구르는 것이 구르지 못하는 마음에 날아가
헐은 입에 물어 온 꿀 떨어뜨렸을 것이다
길도 광음光陰도 그렇게 풀려 갔을 것이다

산 첩첩 물 첩첩,
한 그루 소식 먼 하늘에 심고 기다리는
마음들이 경작한
저 이마 자글자글한 주름 골목

여직 꽃내음 설레는 붉은 꽃밭이라고 말하면서도
그 꽃밭 귀퉁이 접고 연신 고개를 꾸벅이는
어느 늙은
꿀벌의 생애를 나는 알고 있다

살쾡이와 다람쥐

그가 나무 아래서 기척을 하면
가지를 타던 다람쥐는 그 모습 지우려
얼른 눈을 감아 버리지만
그럴수록 두려움이 키우는 궁금증은
핏줄 가득 차오르고

서두르지 않는 신사, 그는
유유히 다른 곳을 쳐다보다가 씽끗,
단내 나는 윙크 한 번 더 올려 보내지

봐서는 안 되는데, 안 되는데
하면 더 끌리는,
뒤돌아보면 안 돼 안 돼
안의 소리 격렬해질수록
더 기울어지는 고 어린 눈동자들

살쾡이 병뚜껑 같은 동공
한 번 쏘아보는 것만으로 분화구의 회오리 속으로

빨려들고 만다

제 몸 타는 줄도
제 살점 떨어지는 것도 모르고

안 되는데, 안 되는데
하면서 눈짓 한 번에
번들거리는 화면의 눈알 속으로
노린내 풍기며 빨려드는
책상 앞,

매일매일의
셀 수 없는 다람쥐 떼

외로운 개화

해마다 개화 시기 수첩에 적으며
찾아다니는 김 교수
서둘러 달려가면 꽃봉오리 아직 숨었고
그리움 눌러 참고 다다르면 분분한 낙화 아쉽다
오늘 아침에도 순천시청 문화 담당에다
전화를 넣는다
또 그 절정의 시기라고라?
아따 몇 번씩 말해야 알아묵는다요
꽃 피는 거사 꽃나무 마음이제
전화벨처럼 화르륵 피어났다
받으려면 떨어지는 게 꽃이랑께
정 답답하면 꽃나무에게 직접 전화 걸어 물어보등가
무정한 낙화落花처럼 전화는 끊기고
하, 이팝 그 뽀얀 친구들이
전화를 받기는 할까
옆구리의 벨 소리에 화들짝 흰밥 다 쏟아 버리진 않을까

눈앞에 삼삼한

직박구리의 달뜬 날개와

지나가는 구름 엉덩짝을 당기는

설레는 빛 속

떨어지는 것이 어디 꽃뿐이랴

세월도 몇 트럭분의 시간들도 순식간에

뒤태도 보이지 않고 사라져 버린다

우연이라는 말

그녀가 이삭을 줍기 위해 찾아간 곳은 마침 그 사내의 밭*
때마침 그 사내도 그 밭으로 나왔다
많은 밭이 있었던 사내가 나왔던 밭이 하필,
그녀가 찾아왔던 그 밭이라는 건 참 공교로운 일
몇 년, 몇 월, 몇 시에 이삭을 주우러 가는 그녀 발걸음은
반드시 사내의 밭으로 향할 수밖에 없었을까
그녀가 밭으로 나오는 몇 년, 몇 월, 몇 시에 사내도
그 밭으로 가야만 했을까
전갈이 온 것도,
신호가 떨어진 것도 아닌데
어떻게 단번에 그는 그녀를,
그녀는 그를 알아보았을까
운명이 될 만한 충분한 준비를 하지 않았지만
그럼에도 불구하고
그렇기 때문에
만남은 일촉즉발의 오차 안에서 피어난 일

그래서 그녀는 사내의 아내가 되고
사내는 그녀의 남편이 되었던가
시간의 그물에 뚫린 단 하나의 구멍으로
떼로 피어 있는 데이지,
누렇게 일렁이는 보리 이삭의 환호를 받으며
여인과 사내가 빨려 들어갔던가
둘은 곧 알게 되리라
우연이 오오래 유희를 벌였다는 걸
우연마저 계획 속에 녹이며 먼 곳서 발소릴 낮추며
가만히,
아주 가만히 웃고 있는 얼굴이 있다는 걸 알고는
분명 화들짝 놀라게 되리라

* 우연히 엘리멜렉의 친족 보아스에게 속한 밭에 이르렀더라(룻 2:3)

거미집

떨어져서 보면
허공 둥글게 펼친 지붕은 펼친 투명 우산
부신 햇살에 물방울 튕기는 창마다의 다이아몬드
게다가 파닥이는 먹이들 제풀에 떨어지도록
성자 흉낼 내며 뒷짐 지다
한 번 누르기만 하면 또르르 먹이가 굴러오는 근사한 집의 주인
그러나 다가갈수록 자주 몸뚱이 나동그라지는
필사의 연주 위에 얹힌 생과
무료와 초조의 밥 먹어야 하는 빈방 속 오그린 허릴 보는 나의 근심!
하루는 아내와 산책 중
산길 옆 작은 굴속으로 들어간 아낼 두고
그는 순식간에 입구를 빛나는 뜨개질로 막아 버린다
(놈은 아내를 도망자로 알았던 모양)
뒤뚱거리는 한 영혼이
가는 줄에 매달리는 순간이다
때로 여린 줄이 벽보다 두꺼울 때가 있다

생은 무거운 거라지만
너무 무거운 생은 허공에 문장 걸어 놓지 못한다는 걸 아는 자들이 지은,
빗방울 바람 스치기만 해도 두근거리는 창을
매단 집들이
내 눈썹과 소나무 가지 사이에 떠 있다
현보다 떨리는 그 길을 따라 가장의 발자국 소리 들려온다

4부

내 몸에도 흐르는 살별들

오늘 내게 제일 힘든 일은

늦점심을 먹으러 마주 보는 두 집 가운데 왼편 충효
소머리국밥집으로 들어가는 일, 길가 의자에 앉아 빠안
히 날 쳐다보는 황남순두부집 아주머니 눈길 넘어가는
일, 몇 해 전 남편 뇌졸중으로 보내고도 어쩔 수 없이 이
십수 년째 장살 이어 가고 있는 희끗한 아주머니, 내 살
갗에 옷자락에 달라붙는 아린 눈길 애써 떼어 내는 일,
지뢰를 밟은 걸 알아차린 병사가 그 발 떼어 놓지 못해
그곳의 공기 마구 구기듯, 가물거리는 눈이 새기는 문신
으로 어질어질, 끝내 못 넘어갈 것 같은 이 고개는

우화등선

고향집 잿더미 옆
담 구멍 숭숭 뚫린 칙간
내 발밑에서 그들은 올라오고 있었다

발효 단지의 비탈 한 놈이 떨어지면
다음 놈이 기어오르는 저 끔찍한 집요함에
제법 느긋이 신문을 보는 내 눈이 미끄러져 내려간다

냄새가 무언지도 모를
저 뻴가의 자식들,
오동통한 가슴과 뱃가죽으로
떼를 지어 출렁거리는 몸놀림은 천의 강물 같다

올라가다 떨어지고 다시 올라오는
꿈틀거림이 주름의 몸에 금을 만든다

마침내 그들 제 무덤 뚫고
젖은 날개를 턴다

항공학교도 다니지 않고
기압도 모르는 저치들은 빙글빙글 돌며
햇살이며 공기 바람과도 금세 친해진다
연한 그늘도 제법 흩뿌리며

우화하지 못하는 나는 배알이 틀려
아직도 놈들이 더럽다는 인식의 배 밑에 깔려
뾰로통해진 입으로 이 시를 쓴다

사실 처음 그곳에 앉았을 때
내 시는 이렇게 시작되고 있었다

놈들은 시시포스를 연상시킨다

수박

미소를 보내던 햇살이 그 얼굴 바꾸어
구름 창문 너머로 기총소사 쏘아 댈 때
대낮이 튀김 솥같이 끓고
바랭이풀 호박잎들 힘없이 늘어질 때
팔뚝에 이마에 산탄의 흔적들 거뭇거뭇 찍힐 때
녹아내리는 풀줄기들 속에서
그래 저치들은 끓어오르는 분노
동그만 과육에 쟁이기 시작했던 거다
햇살의 고문과 어둠의 회유가 교차될수록
넝쿨들이 다릴 오므리고 발을 주무르고
앞발과 갈기로 고구마 땅콩은 두더지같이 굴을 파고
기어가지만
저치들은 이글거리는 팔과 이빨을 과육에 묻은 채
색의 투쟁을 벌이고 있었던 거다
백색의 공포 자외선을 넘으려는
토마토 참외 동지와 함께 벌이는
히틀러보다 몇십 배나 더 강렬하고 거룩하고
간디보다 몇백 배는 더 정결한 투쟁,

해마다 둥글게 일렁이며 세워지는

분노를 달큼함으로 바꾼 얼룩무늬 정권이 그걸 말하고 있지 않은가

거룩한 허기

지금 빵을 구울까, 내일 구울까
한 움큼 남은 밀가루 통을 만작일 때
땡볕 속에서 모자母子는 만났다
남루한 차림의 무성한 수염
그 사내를

먼 길 걸어온 듯한 그가
빵 한 조각을 요구했을 때
얼음 폭풍 이는 여인의 눈에 설핏,
여린 미소가 어리는 듯하더니

나뭇가지 둘을 주워 순순히
빵을 굽기 시작했다 한 움큼 남은
마지막 밀가루를 번철에 올려*

신선한 바람이 공기 중의 연기를 걷어 가듯
오랜 허기를 채우려 달려드는 어린것을
여인은 눈짓으로 쫓아냈다

근처의 시든 잎사귀들이
그 냄새를 쪽쪽 빨아 먹고 핥아 먹는 동안

여인은 먹어도 먹어도 배부르지 않는
세상 같은 건 버릴 생각뿐
먹어도 먹어도 떨어지지 않는 가루와 기름은
꿈에도 생각 않았다

지상의 양식糧食
좀 더 내려 달라는 거지 기도 같은 건 더더욱

* 통에 가루 한 움큼과 병에 기름 조금뿐이라(왕상 17:12)

물벽

사이로 걷고 싶은 날 있네
사는 일 동그맣게 말아 수의를 짜는 거미 같은 날
마음만 먼 허공으로 소풍 보내고
짜안하니 몸뚱인 열반에 들고 싶은 날
어디선가 등 뒤에서 쏴아아 뿌려 대며 열리는
창자까지도 서늘해지는
벽으로 짜 올린 길*
두부처럼 각지진 않았으면 좋겠네
얼음 담장처럼 딱딱한 직립은 더더욱
바닥부터 꼭대기까지
쉴 새 없이 오르내리는 물결
건듯 바람에 흩뿌리는 물보라를
축복처럼 받으면서
이런 길 내가 걸어도 되나요?
투정 부리며 한 시절 건너가는 날
슬쩍 그 위로 내밀어 벽을 허물어 버린 손이 있어
뒤에 쫓아오다 허푸 허픕푸푸푸
물결에 몰살당하는 애굽 군대 같은 운명더러

들으라는 듯

껄껄껄껄껄껄, 너털웃음 허공에 날리면서

* 물은 그들 좌우에 벽이 되니(출14:22)

거미

아무 데서나 줄을 쳐 대는 놈이라고
불길한 벌레 쯤으로 여긴 사내가 있었다
하루는 적에게 포위되어 빠져나갈 길 잃은 그가
간신히 동굴로 숨어들었는데
그 오길 기다렸다는 듯
글쎄, 고 검고 작은 것이
순식간에 입구를 감쪽같이 뜨개질해 버리는 게 아닌가?
이 안엔 도망자가 없구나, 돌아서는
추격자 발자국 소리 멀어진 후
가슴 쓸어내리며 그는
줄 위에 앉은 작은 은자를 보고 연신 고갤 숙였겠다
세상에, 신이 내려와 살지 않는 데가 없으니!
그 눈은 그동안 뭘 본다고 애를 썼지만
잡히는 건 다만 검고 작은 덩어리였을 뿐이니!

숲의 제왕

화면을 열자 케냐 스프링 파크다
뱃가죽 늘어진 사자 떼가
죽을힘 다해 협공으로
쫓기는 누gnu 떼 중 한 마릴 겨우 낚아챘다
급소를 물린 누
에헤헤헤, 외마디 소리에
숨길 편안하게 잦아들 때
눈에 어룽대는 물빛의 고요
허겁지겁의 식사가 끝나기 무섭게
죽을힘 다해 달린 추격자들 헐떡이며 눕고
남긴 식탁은 곁의 하이에나
공중의 허기, 독수리가 말끔히 청소한다
동료의 죽음 곁에서 신사들은 논다
안간힘의 몇 분을 위해 몇 시간은 누워 있어야 하는
출렁이는 육체를 안다는 듯
무수히 깔린 먹이 한가로이 뜯으며
아직도 거친 숨결의 뱃가죽 곁에 나란히 서서 논다
저 불쌍한 허기에게는 만만한 밥그릇이 하나도 없

는 것

떼를 지어 가다 기껏 한 마리 정도
그것도 병든 놈으로 허락하는
그이들 선한 눈에 어리는 물빛이
활활활활, 숲에 새살 돋게 한다
여기 숲의 제왕이 따로 있다
보이지 않게 그이들이 숲을 다스린다

정낭 개구리한테 불알 물린 이야기

놋도오* 깨고 은도오** 산 이야기는 경주 지방에서는 꿈에 떡 얻어먹는 일만큼 드문 일이지만, 이와 반대로 정낭 개구리한테 불알 물린 이야기는 가끔은 내려오고 있긴 하지요

메치리*** 두 마리 왔다가 한 마리 울고 간다는 숭년에도 끄떡없던 노당 과수원집 딸부자 손칠복孫七福 씨는 현풍댁이 사과남게서 사과 따다 떨어져 앓다 죽자 몇 달을 못 버텨 시집간 딸내들 반대 무릅쓰고 똥 마려운 년 국거리 썰듯 읍내 결혼중개소에서 만난 조선족 여편네와 한살림을 차렸는데요 처음 몇 달 깻낱 같은 잔소리 담배씨겉이 하던 죽은 마누라와 달리 밥티끌 물고 새새끼 부리듯 하는 년에게 눈까풀 씌어 읍내에 화장품 점빵까지 내주고 검둥개 멱 감은 거겉이 땡볕에 나가 일할 때 알아봐야 했지요 북창문 훠언한 다섯 딸내미 친정에 얼씬도 못 하게 해 놓고 돈씨를 꼬챙이 꿴 곶감 빼 묵듯 하던 여편네가 아이구야꾸라, 이태도 못 돼 과수원 밭문서까지 빼돌려 야반도줄 해 버렸으니

노짐벵 걸린 사람 강뻬**** 마르듯 풍風으로 드러누워 눈먼 새도 안 돌아보는 손 영감, 영장이 귀가 밝다고 인자 곧 죽은 마누라 만날 일로 눈썹에 떨어진 걱정, "내사 마누라 딸 다섯 후처까지 칠복 받을라 안 캤나" 그 말은 차마 못 뱉었다는데요, 그래도 먼 길 마다 않고 교대로 와서 아부지 병 수발 음식 수발 딸내 복은 엄첩다고 이웃마다 입을 모아 쌓는데 마음 한번 잘 묵으모 북두칠성이 굽어보신다고 정낭 개구리한테 불알 물린 칠복 영감 보는 날, 현풍댁 개안타 한마디나 할란지

* 놋동이

** 은동이

*** 메추리

**** 정강이뼈

경계

이웃집에서 캐 온 영산홍
팔려 나온 강아지처럼 어리둥절해하는 걸 보고
사내는 꽃마리 봄맞이꽃 콩다닥냉이 보리뱅이
오랜 원주민들 서둘러 뽑아냈는데
막 피어난 영산홍 화사한 꽃그늘 아래
며칠 새 뽑힌 것들 제법 근육까지 생겨
실눈 뜬 채 사내를 치켜다 보고 있다
곁에는 목덜미 돌린, 눈 그늘 확연히 깊어진 영산홍
사내 다시 호밀 잡는데
이주민 하날 위해 토박일 이리 내쳐도 되냐
쏘아 대는 음성
발 뻗을 곳 마뜩찮다는 영산홍 투정
그들 싸움 아랑곳 않고
흰나비는 여기 한번 저기도 한번 날아다니고
직박구리는 날아왔다 날아가며 기웃기웃하는데
햇살이 보료처럼 깔리는 봄 화단,
어쩔 줄 모르는 사낸 또 호미 버려둔 채
얼굴 감싸는데

메추라기

잎사귀 뒤 꿈틀거리는 작은 점 향해 내리꽂히던
날렵한 발목이
포도밭 나일론 그물에 걸려 바알갛다
머잖아 고 따순 체온이 햇살에 까맣게 삭아 갈 것을,
밀어 넣어 그렇게 당기지만 말고, 달싹여 보지만
한사코 다리 당겨 올무를 만들고 만다
이빨 내밀어 그물 끈 끊어 주는 내 입술을
콕, 콕, 콕, 콕 찍어
붉은 꽃도 몇 송이 만드는 저 적의의 눈!
간신히 내 손바닥에 떨리는 한 점 온길 풀어 주자
반원을 그리며 건너편 못둑으로 날아갔다
제법 시혜자의 얼굴을 하고 다시
그리로 달려가는데
아 재수 없는 놈!
그는 맹렬한 눈알에 날 가둔 채
기겁을 하고 튀어 오르는 것이다
이제 까만 점이 다 돼 가는 그를 향해
나는 기댈 언덕이 없어진

새의 부리로 중얼거려 보았다

팔공산 사내 이야기

팔공삼거리 그 밥집
반점이 들어왔다 몇 달 못 버티고 나가고
'곧 망할 집'이란 상호로 다음 사람이
발악하다 이름대로 돼 버린 걸
어디서 흘러왔는지 사십 언저리의 사내 부부
대령숙수란 이름으로 낸 밥집
반공 자색 포장 별사공 겸한
사내 손에서 익어 가는 수라상을
치자꽃 머리에 꽂은 장자색 그의 여자 재재바른 그림자가 날랐다
손님은 왕이어서
어이, 부르면 숙련된 손에서 거짓말처럼 찬꽃이 피고
여기요, 하면 날렵한 손끝서 찌개가 태어나는
대체 그는 왕의 입을 위해 대기하는 손인가
세월 넘어온 맛 아닌가
평상에서 커필 마시는 입들 중얼거리는 동안
밥집은 번창해 갔고 줄 서서 기다리는 왕들은 늘어났다

그래, 손님은 왕이어서

어느 잘나가시는 왕이 그 치자꽃마저 드셨다는 이야기와

강릉에선가 함께 행차한 여잘 다시 불러왔다는 소문 무성했지만

제 여잘 아주 특별한 상으로 내놓을 손이 어디 있겠는가

산이 무너지는 천둥 몇 번 사내 가슴 치고

이제 사과 장사 트럭 몰고 방방곡곡 다닌다는 풍문,

햇살에 그을리며 눈비 맞으며

골목 그늘에서 귀에 익은 목소릴 기다릴 손

그 왕을 요리할 생각으로 칼을 품고 있다는 그 숙련된 손

* 待令熟手. 대령하고 있는 숙련된 손이라는 뜻. 특별한 일이 있을 때 왕의 부름을 받았던 남자 전문 요리사. 장자색莊子色은 음식 나르는 사람. 반공飯工, 자색炙色, 포장泡匠, 별사공別司饔은 각각 밥하는 이, 어류 전문, 두부 전문, 고기 전문 요리사를 말한다.

단풍

언제였던가, 내 안으로 푸른 병정들이 들어온 건
매일처럼 차가운 물 퍼 올려
짐짝 같은 내 몸 여기저기 꽂아 논 초록 화살
추운 밤과 햇볕의 성정
모두 빨아들여야 하는 살들은
적의를 키워 갔겠지만
나는 알지 날랜 병정들 속에서
내 심장도 함께 눈 떴다는 걸
그러고 보니 그네들은 화살 속에
노랗고 빨간 불 천천히 쟁이고 있었구나
몸도 모르는 분신을 준비해 왔다니
그러면서도 격발하지 않고
머뭇거린 건
이리 많은 인연에 물들었던 탓인가
된서리 내리자
툭! 투둑! 툭툭!
내 가슴 뜨거운 화엄華嚴의 불화살이
진흙바다 속으로 빠져나가 쌓인다

들린다, 몸이 무너져 내리는 소리
바닥이 그걸 받아 주는 소리
작은 잎이 가녀린 새 심장처럼 할딱이다 눕는다

그 눈들을 밤의 창이라 부르겠다

자정이 넘은 설산의 휴양림
깊은 골 따라 랜턴을 비추다
씨앗처럼 심긴 눈동잘 기어이 캐내고야 만다
신음처럼 켜져
무겁게 숨소리마저 보내는
내 몸에도 흐르는 저 살별들을 나는
밤의 창이라 부르고 싶었다
허나 맞부딪는 두 빛이
현 위에 닿는 활의 설렘일 거라는 예감을 이내 뉘우
친다
어떤 빛은 파닥이는 지느러미 같은 불씨를
찌르기도 하는 것이어서
날갯죽지나 뱃가죽 아래 두근거리는
여린 뼈와 가슴이 내는 저 흐르는 빛의 발광發光은
소심하거나 격렬한 영혼에 더 가깝다
어둠의 옆구리에 손 질러 볼 필요도 없이
못 보던 빛줄기가 그 영혼을 간섭할 때
머루알처럼 또렷이 켜지는 구멍은

때론 표정 감추기 위해 초조를 절반쯤 깨물고 웅크린 창窓이다가도

피로가 더해지면 찌를 태세로 불붙는 창槍!

해설

공감 왕국의 대령숙수

이숭원(문학평론가)

1. 경외敬畏의 가치

백석의 시는 민간신앙에 뚜렷한 관심을 보였다. 창작의 초기 단계부터 토속적 세계에 깊은 관심을 보였고 시집 이후의 작품에도 민간신앙의 단면이 문면에 스며들어 있다. 시집을 내기 전에 발표한 「산지山地」(『조광』, 1935.11.)라는 작품에 작두를 타고 굿을 하는 애기무당이 등장한다. 시집 『사슴』에는 민간신앙에 연결된 다양한 공간과 거기 얽힌 사람들의 일화가 제시된다. 백석의 민간신앙에 대한 관심을 집약한 작품이 해방 후에 허준에 의해 발표된 「마을은 맨천 구신이 돼서」다. 이 작품에는 집안 여기저기 거주하는 가신家神들이 언급된다. 우리를 둘러싼 여러 공간에 우리의 삶에 관여하는 작은 신들이 있다고 보고, 이런 귀신에 둘러싸여 오력을 펼 수 없다고 엄살을 부렸다. 일본 유학까지 한 첨단 지식인인 그가 왜 이런 시를 쓴 것일까?

백석의 시대를 지나 지금에 와서는 과학적 사고가

일반화되어서 이런 관념은 농촌에서도 사라졌다. 그러나 나는 이런 신화적 사유에 우리가 계승해야 할 중요한 요소가 있다고 믿는 사람이다. 민간신앙의 관념 기반은 애미니즘animism이다. 애니미즘은 이 세상 모든 사물에 정령이 있다고 보고 그 정령과 사람이 어떤 경로로 소통한다고 생각하는 태도이다. 이것을 일반화시켜 단순하게 말하면, 사람과 대상이 격의 없이 관계를 맺는다는 사유다. 이러한 태도는 물신숭배의 차원을 넘어서서 생활의 윤리로 연결된다. 자신이 거주하는 곳 어디든지 작은 신이 존재하고 그 신들이 자신을 관찰하고 있다고 생각하면 알고서 나쁜 짓을 하기는 힘들다. 그 신이 자신의 신상을 좌우한다고 생각하면 자신도 모르게 겸손해지고 미지의 대상에게 머리를 숙이게 된다. 경외敬畏의 태도를 갖게 된다. 과학적 사고에 의해 신비주의가 해체되자 인간은 오만해지고 악행을 저지르고서도 두려워하지 않게 되었다. 하늘 무서운 줄 모르는 철면피鐵面皮한 존재가 된 것이다.

손진은의 시를 해설하는 자리에 민간신앙 이야기를 길게 한 것은 민간신앙의 기반을 이루는 경외의 세계관이 손진은의 시정신과 통하는 면이 있다고 생각했기 때문이다. 손진은의 시에서 외부의 사물은 인간과 무관한 무정한 존재가 아니다. 그것은 인간인 나와 관계를 맺는

유정한 존재가 되어 내 생활 영역에 들어와서 나와 대화를 나누고 내 의식에 의미 있는 존재로 자리 잡는다. 철학에서는 이러한 태도를 정령론적 관점, 주술적 사유, 신화적 사고 등 여러 가지로 부른다. 자아와 세계의 동일화에서 출발한 서정시가 신화적 사고와 연결되는 것은 장르의 속성상 당연한 일이다. 서정적 동일화의 작동 체제는 인간이 사람과의 교감을 넘어서서 자연, 사물로 공감의 폭을 넓히는 과정이다. 그런 공감의 축에서 시적 상상력이 발동할 때 다음과 같은 시가 탄생한다.

두어 달 전 명절 끝날 산책길
인적 뜸한 고향 신작로를 지나다 들었네

점잖지 못하게 왜 그랬어?
오빠란 놈이 동생을 그렇게 하면 어째?
아침 공기 잔잔히 물들이는 어떤 중년의 음성

그 오빤 보이지 않고 하,
누렁이 한 마리가 고갤 숙여
그 말 고분고분 듣고 있는 곁엔
누운 암탉 한 마리

(아마 옛 버릇을 참지 못하고
유순하던 개가 닭을 물었던 모양)

머릿수건을 쓴
그의 아내인 듯한 환한 여인은 또
왜 암말도 안 하고 아궁이에 장작불만 지피고 있었는지 몰라

가축 두어 마리, 가금 대여섯
키 낮은 채송화 분꽃, 해바라기와 사는 필부인
그 사내 부부의 울타리 너머
꿈결같이 들은 그날의 음성과

실수 때문에
가책받은 얼굴로 고갤 숙이던
그 착한 개의 표정을 생각하면
지금도 내가 다 죄인인 듯 마음이 저려 온다네

알아듣기나 했으려나 그 말?
메아리 소리 곱게 울리던 그날 아침
아 참, 내가 진정 못 본 건 또 무얼까?

—「개의 표정」 전문

분리주의의 관점에서 보면 개에게도 표정이 있느냐고 질문할 만하다. 감정이 표현되는 사람에게만 표정이 있다고 생각하는 것이 인지생물학의 관점이다. 그런데 시인은 개의 표정에 대해 시를 썼다. 시인은 여기서 관찰자이자 보고자의 자리에 있다. 어느 산책길 인적 드문 '신작로'에서 개를 타이르는 사내의 말을 들었다. "오빠란 놈이 동생을 그렇게 하면 어째?"라는 사내의 말은 신문에 가끔 나는 불미스러운 추문을 연상시킨다. 그러나 그 사내가 오빠와 동생으로 지칭한 것은 자신이 기르는 개와 암탉이다. 개가 자신의 타고난 본능을 어쩌지 못하고 닭에게 달려들어 물어뜯은 것이다. 과학적으로 보면 본능의 작용은 정당한 것이다. 그런데 개 주인은 이 과학적 사유를 완전히 무시하고 개를 타이르고 있다. 개는 마치 주인의 말을 알아들은 것처럼 고개를 숙이고 "가책받은 얼굴을" 하고 있다. 시인은 이 장면을 보고 '꿈결 같다'고 했다. 일상의 분리주의 사고에서 완전히 벗어난 신화적 사유의 작동 공간을 본 것이다. 주인 내외가 사는 장소의 분위기를 묘사한 것은 그들이 자연 속에 융화되어 살고 있음을 드러내기 위함이다. 시골에서 자연생활을 하는 사람은 개나 닭하고도 대화를 하며 지낸다고 생각할 수 있다.

문제는 그 장면을 본 시인의 반응이다. 그 착한 개의

표정을 생각하면 지금도 자신이 "죄인인 듯 마음이 저려 온다"고 했다. 그 장면을 본 시인이 왜 죄인이 된단 말인가? 시인은 이어서 "내가 진정 못 본 건 또 무얼까?"라고 자문했다. 무엇을 보지 못했다고 자책하고 있는 것일까? 앞에서 논의한 용어를 빌려 말하면, 인간과 대상이 교감을 이룬 신화적 사고에서 이탈하여 분리주의 사고에 젖어 있었기에 죄의식을 느낀 것이고, 우리가 잃어버린 원초적 순수의 장면을 보면서도 그 본질을 파악하지 못하고 한갓 기이한 구경거리로 본 자신의 짧은 안목을 자책하고 있는 것이다. 서정적 동일화를 추구하는 시인이기에 이 장면을 보고 이러한 사색을 펼칠 수 있었다. 분리주의 사고에 물든 젊은 도시인 같았으면 웃기는 장면을 보았다고 조소했을 것이다.

따지고 보면 인류사의 발전은 이 공감 영역의 축소 과정이다. 고대 원시 사회에서는 인간이 감각을 통해 즉물적으로 반응하기 때문에 자신이 접촉하는 모든 것이 자신과 유사하고 어떤 관계를 맺고 있다고 생각했다. 라캉의 정신분석에서 말하는 상상계에 해당하는 사유다. 인지가 발달하면서 인간은 사람과 사람 아닌 것의 구분을 짓기 시작했고 자신이 아닌 것을 타자화하기 시작했다. 라캉의 발전 단계로 말하면 상징계에 해당한다. 근대를 넘어서면서 신비화의 주술을 걷어 내고 모든 것을 합리

적으로 설명하게 되면서 인간은 대상과 분리된 고립된 존재가 되었고 인간 그 자체도 과학적 분석의 대상으로 삼게 되었다. 모든 것이 독립된 사물로 인식되고 분석된다. 라캉의 실재계에 해당하는 사유다.

현대의 교육이 제도적으로 인간에게 윤리 의식을 전수하고 있지만, 과학적 세계관에 사로잡힌 인간은 자신의 틀에 사로잡혀 타자를 고려하지 않는 고립된 존재가 되었다. 그래서 현대의 인간은 자신을 위해 배우고 자신을 위해 일하고 자신을 위해 분노하고 자신을 위해 싸우고 자신을 위해서 운다. 그에게는 자신에 대한 두려움이 있을 뿐 세상에 대한 경외敬畏가 없다. 그래서 타자에 대한 외경畏敬과 자신에 대한 근신謹愼으로 이어져 온 전통적인 생활 윤리는 완전히 파탄 났다. 외경과 근신의 파탄을 회복하는 길은 동질성의 복원이다. 현대의 길목에서 무가치한 것으로 내동댕이친 신화적 세계관을 의도적으로 복원해야 한다. 신화적 세계관은 나와 너, 나와 생물, 나와 사물이 연결되어 있다는 사유다. 손진은의 시는 이 궤도를 그대로 밟아 창작의 행로로 삼는다. 그는 인간과의 공감을 넘어서서 자연과의 교감, 사물과의 교감을 시로 표현한다.

2. 공감의 왕국을 향하여

인간이 자신에게 집중해 있는 한, 현대의 위기는 해결하지 못한다. 현대인의 괴로움은 자신에게 빠져 있는 데서 오는 괴로움이다. 이 괴로움에서 벗어나려면 시선을 타자로 돌려야 한다. 이것은 레비나스의 관점과는 다르다. 레비나스는 유대교 전통에 뿌리를 두었기 때문에 타자의 절대성을 인정하는 데서 멈추었지 나와 타자가 동등하다는 인식으로 나아가지 않았다. 현대의 위기를 벗어나기 위해서는 나와 똑같이 살아서 숨 쉬고 고뇌하고 웃음 짓는 타자들 속으로 들어가야 한다. 자신의 희로애락이 자신만의 것이 아니라 만인 공유의 것임을 알아야 혼자 하는 칩거의 괴로움에서 벗어날 수 있다. 정신 치료 최고의 영약은 타자에 대한 이해다. 타자를 이해하기 위해서는 타자를 관찰하여 그의 삶으로 들어가야 한다. 식당에서 밥을 먹더라도 돼지처럼 자기만 먹는 일에 몰두하지 말고 남들은 어떻게 먹나 살펴보아야 한다. 타자의 관찰을 통해 타자를 인지하고 그의 삶을 이해하면 자신과 타자에 대한 동시적 발견에 이른다. 이것은 일종의 새로운 세계의 발견이다. 신대륙의 발견, 미생물의 발견, 새로운 행성의 발견처럼 경이와 환희를 일으킨다.

수년째 성업 중인,
그 묘한 허기가 떠오를 때마다 가는
밥집이 내 일터 가까운 곳에 있다

'허기 충전'이란 상호를 내건
저 카운터의 흰머리 사낸 알고 있다는 걸까
한 끼의 식사 같은 거로는
원기가 충전되지 않는다는 걸
아니 충전된 허기가 더 검게 빛난다는 걸

밤새 달빛이 어루만지다 간 알 같은
부화를 기다리는
둥근 지붕의 저 식당에는

아닌 게 아니라
펄럭이던 검정 비닐에 구멍 뚫어
마늘을 심던 벌건 얼굴들의 담배 연기와
인근 공사장 인부들 발꼬랑내 나는 군화와
막걸릴 마시다 시비가 붙어
막 씩씩거리는 짧은 머리의 롱 패딩들

허기의 사촌쯤인 불만과

불만의 양아들뻘인 분노와 상처들이
연탄난로 위 주전자가 흘린 물방울처럼
따그르르, 츠읏츠읏 굴러다닌다

삶에 대한 계획 같은 건 아예 없는,
성실한 것이 아름답다고만 믿지 않는 눈빛의,
부시지 않은 빛 두르고 있는,
음지식물 같은

저들은
먹을수록 충전되는 단단한 허기
맷집처럼 키우러 집요하게
소슬한 저녁들을 찾아오는 게 틀림없다

—「허기 충전」 전문

시인이 간 식당의 상호가 '허기 충전'이다. 주인의 생각은 허기를 느낄 때 음식을 먹고 기력을 충전하라는 뜻이었을 것이다. 그런데 시인은 식당에서 밥을 먹는 사람들을 관찰하며 이 사람들이 허기를 메우러 왔다가 오히려 허기를 충전해 간다고 생각한다. 허기를 충전하면 계속 허기에 시달릴 텐데 이것이 어찌된 일인가? 식당에 오는 사람들은 대부분 노동자들이다. 비닐하우스에서

마늘 심는 인부들, 인근 공사장에서 일하는 인부들인데, 짧은 머리에 롱 패딩을 걸친 젊은 층의 사람들이라 막걸리를 마시고 시비가 붙어 싸움을 벌이기도 한다. 그들이 남긴 외침과 분노와 욕설은 한 끼 식사로 얻은 기력을 탕진하고도 남을 것이다. 그들의 불만과 분노와 상처는 모두 허기에서 온다. 가난하기에 노동을 하고 노동을 해도 가난이 메워지지 않기에 허기를 느끼고 불만과 분노를 터뜨린다. 아무리 노동해도 상태가 나아지지 않으니 그들은 허기의 늪을 맴도는 소금쟁이요 허기의 그늘에 돋은 음지식물이다. 허기의 늪에 갇혀 있으니 삶에 대한 계획이 있을 리 없고 성실 같은 단어는 아예 떠올린 적도 없다. 그들에게는 불만과 분노가 존재의 바탕이다. 그러니 허기를 메우러 왔다가 허기진 상대를 향해 불만을 터뜨리고 허기가 늘어나는 것이다. 주인의 처음 생각과는 달리 허기를 충전하는 집이 되었다.

그러나 노동자들 자신의 처지에서는 자신의 허기와 동료들의 허기를 제대로 인지하고 확인하는 이 공간이 너무나 친숙하고 마음에 든다. 그래서 이 집이 몇 년째 성업 중이라고 했다. 허기를 메워서 성공한 것이 아니라 허기를 늘려 줘서 성공했으니 아이러니컬한 일이다. 이 집의 성공 비결은 분노를 터뜨리는 자유에 있다. 벗어날 수 없는 가난과 허기 속에서 허기에서 오는 분노를 터뜨릴 공간조차 없다면 그들의 삶은 얼마나 갑갑할 것인가? 시인은 그들의 행동을 관찰하고 이면의 삶을 이해하면서 그들 전체를 자신의 영역으로 끌어들여 이해하게 된다. 이해는 발견을 낳는다. 시인은 이렇게 표현했다. "밤새 달빛이 어루만지다 간 알 같은/부화를 기다리는/둥근 지붕의 저 식당"이라고. 이 시행에는 이해와 발견에서 오는 공감의 온기가 있다.

이 따스함은 이해와 발견에서 오고 다시 그 따스함이 이해와 발견을 이끈다. 동네 공터를 전전하며 과일을 파는 노점상 부부를 이해하게 되고(「깎인 것에 대하여」), 잘나가는 밥집을 하다가 아내가 바람나 풍비박산을 맞아 복수의 비수를 품고 전국 팔도를 떠도는 사내도 이해하고(「팔공산 사내 이야기」), 늦게 새장가 들어 사기로 재산을 잃고 병들어 누운 영감도 이해하고(「정낭 개구리한테 불알 물린 이야기」), 더 나아가 아버지의 화신인 우체부(「저 꿀벌의 생」)와 어머니의 화신인 종갓집 종부(「느티나무 화초장」)도 이해하게 된다. 이 모든 것이 타자의 이해와 발견의 결실이다. 그것은 참으로 찬란하게 인간과 자연 전체에 대한 공감으로 확대된다.

3. 자연 교감의 향연

자연과의 교감은 시에서 새로운 것이 아니다. 앞에서 본 「개의 표정」도 시의 영역에서는 그리 낯선 장면이 아니다. 그러나 손진은의 자연 교감은 다른 시와 차별되는 그만의 독특한 컬러가 있다. 그것은 특이한 상황의 체험에서 온다.

> 발을 헛디뎠을까
> 차가 향기의 벼락 속으로 뛰어든 걸까
> 지품에서 진보로 넘어가는 국도변에
> 만삭의 노루가 앉은 듯 누워 있다
>
> 금방 어린것이 나올 듯 황갈색 배 꿈틀거리며
> 기품 있는 목은 든 채
> 하트 모양 발굽 향기를 찍으며
>
> 저 순한 어미는 알까
> 곧 어룽이는 빛살 속에 찬 기운 섞이고
> 화사한 생 거두어 갈 것을
> 가장 먼저 알아볼 개미가 몰려들 것을
> 쿡쿡 독수리가 발톱으로 찔러 볼 것을

귓불 도톰한 상수리 잎도 읽지 못하는
구름이 놀고 있는 가랑가랑한 눈의 호수
아지랑이의 현기증 일으키는 젖은 코
저 일렁이는 꽃 시간

아무것도 모르고 까치는 날아와
발끝에 향기 찍어 상수리나무 어깨로 날아간다
건듯거리는 바람이 왜 그래, 어깰 툭툭 치며
부신 햇살에 타는 털 오래 만진다
빤히 쳐다보는 저 눈동자가 사라질 거라곤
곧 이곳을 방문할 죽음의 그림자도 생각 못 할 것이다

생의 아른한 둘레가 한 획 쉼표로 편안해질
한 마리 순한 짐승이 만드는 눈의 경전 앞에
내가 지은 경계가 사정없이 무너진다

이제 곧 길 가던 농부가 꽃향기를 수습해 갈 것이지만
저곳의 햇살은 노루가 떴던 눈을 감는 속도로 저물어
갈 것이다
둘레도 풍경도 될 수 없는 난
조각구름만도 못한 안부를 던져 놓고 갈 뿐

—「점박이꽃」 전문

'점박이꽃'이라는 제목이 주제의 많은 부분을 암시한다. 몸에 점박이 무늬가 있는 노루가 차에 치여 죽어 가는 장면을 보았다. 그 노루는 공교롭게도 새끼를 가진 만삭의 상태였다. 어미는 죽어 가지만 배 속의 새끼들은 살 길을 찾아 탈출을 한다. 어떻게 보면 징그럽고 잔혹해 보이는 이 장면을 어떻게 설명할 수 있을까? 우리는 다만 생명의 오묘한 움직임에 대해 언급할 수 있을 것이다. 시인은 죽어 가는 생명체에서 새 생명이 탄생하는 신비로운 장면을 체험하게 된 것이다. 시인은 거리를 둔 지점에서 생명의 움직임을 이야기한다. 머리로 상상한 하늘나라 이야기가 아니라 실제로 체험한 사건이기에 시인은 "지품에서 진보로 넘어가는 국도변"이라고 지명도 분명히 밝혔다.

기이하게도 새끼가 어미의 황갈색 배를 헤치고 목과 발굽을 내밀고 천지자연을 향해 나오고 있다. 못 나오고 죽는 새끼도 있을 것이고 중상을 입은 어미는 머지않아 목숨을 잃을 것이다. 개미와 독수리의 먹이가 될 것이다. 물정 모르는 까치가 날아와 발끝으로 건드려 보다 상수리나무로 날아가고 바람도 노루의 어깨를 치고 흩어진다. 노루는 순한 눈으로 허공을 바라보며 정적의 시간 속으로 들어가고 있다. 시인은 이 장면을 보며 생명 가진 것과 생명 없는 것의 차이를 생각하고 살아 있는 생명이 죽음으로 이동하는 과정을 명상한다. 삶과 죽음의 문제가 실감으로 다가오게 된 것이다. 생과 사의 접점에서 자연의 섭리를 생생하게 학습하게 된 것이다. 그래서 시인은 생사에 대한 깨달음을 주는 노루의 몸체를 "한 마리 순한 짐승이 만드는 눈의 경전"이라고 했다. 깨달음을 담은 경전을 실물로 대하니 지금까지 자신이 갖고 있던 생사의 관념이 일시에 무너지는 느낌을 갖는다. 그리고 자신이 생사의 현장에서 소외된 방기된 존재라는 사실을 자각한다. 만물의 영장인 사람은 이 생사의 교차 장면에 끼어들 틈이 없다. 이것을 시인은 "둘레도 풍경도 될 수 없는 나"라고 표현했다. 시인은 생사 교차의 현장에서 소외된 제삼의 존재일 뿐이다. 참으로 중요한 인식이다. 만물의 영장인 인간이 생명의 현장인 자연에서는 들러리도 못 되는 것이다.

시인은 이 시에서 '꽃'이란 단어를 많이 썼다. 노루를 "점박이꽃"이라고 했고 노루가 안간힘으로 버티는 마지막 시간을 "꽃 시간"이라고 했다. 꽃에서는 향기가 나는 법이니 차가 노루에게 뛰어든 것을 "향기의 벼락 속"으로 뛰어들었다고 했고, 노루 새끼가 발굽을 내민 것을 "발굽 향기를 찍으며"라고 했다. 까치가 노루를 건드린 것을 "발끝에 향기 찍어"라고 했고, 농부가 노루 새끼를 거두어 가는 것을 "꽃향기를 수습해" 간다고 했다. 시인은 노루를 하나의 꽃으로 보고 거기서 향기가 풍긴다고 상상한 것이다. 시인이 지금까지 체험하지 못한 생명의 신비이기에 그것을 꽃이라고 하고 그것과 관련된 것을 '향기'로 표현한 것이다. 꽃과 향기라는 말에는 경외의 감정이 있다. 그 장면을 보며 "내가 지은 경계가 사정없이 무너진다"고 생각하는 시인의 마음에는 근신의 감정이 있다. 그는 자연을 자신과 동질적인 것으로 받아들이면서 경외와 근신의 마음을 갖게 된 것이다.

그의 시에서 자연과의 교감이 표현된 예는 헤아릴 수 없이 많다. "나무의 내면까지 들어가려는" 듯, "마치 나무 하나가 산 전체를 품은 걸/알아채고 있다는 듯"(「딱따구리 소리는 날 멈춰 세우고」) 끝없이 나무를 두드리는 겨울 숲의 딱따구리, "넘치는 개울의 당당한 일원이면서도/저를 드러내지 않는 하늘의 저 싱그러운 아들"(「빗방울에 대하여」)인 빗방울에 대한 명상, "하늘 품에 안겨 있다가/벌레 소릴 배음으로/사운거리며 장가드는 왕자"(「이슬」)인 이슬에 대한 명상, "수평선을 기울였다 펴는/세상 가장 아찔한 상쾌"(「물방울 속으로」)의 미학을 연출하는 물방울에 대한 묘사, "허깨비들을 영겁의 허적虛寂으로 실어 나르는/이 왕국의 사자使者"(「우루무치의 낙타」)인 낙타에 대한 사색, 먹고 먹히는 관계인 살쾡이와 다람쥐에 대한 생태론적 관찰(「살쾡이와 다람쥐」), 사자에게 먹이가 되는 병든 누의 선한 희생에 대한 연민(「숲의 제왕」), 여기서 더 나아가 거미나 구더기 같은 미물에 이르기까지 그의 생태 관찰은 넓게 펴져 있어서 그 아름다운 구절들을 일일이 열거하기 힘들다. 그는 징그러운 구더기마저 부패한 살덩이를 완전한 적멸로 돌려보내는 "통통한 신생의 자식들"(「적멸을 위하여」)이라고 표현하고 있을 정도다. 그야말로 공감의 왕국에 펼쳐진 생명의 성찬이라고 말할 수 있다. 그의 시는 여기서 멈추지 않고 사물과의 교감이라는 또 하나의 차원으로 상승한다. 그만의 독보적인 영역이요 황홀한 장면이다.

4. 사물과의 교감, 언어의 발효

사물에는 여러 가지가 있다. 앞에서 든 빗방울이나 물방울, 이슬도 엄격히 말하면 생명 가진 자연물이 아니라 사물이라고 할 수 있다. 자연 현상에 속하기에 위에서 함께 예시하였다. 시인을 소매치기로 비유하여 소매치기의 속성과 행태를 노래한 「소매치기」, 시인이 사용하는 만년필을 소재로 삼아 시의 의미를 표현한 「만년필」, 그리고 시를 예기치 않은 손님으로 설정하여 시의 기능을 절묘하게 표현한 「시」라는 작품도 추상적 대상에 대한 공감의 소산이라고 할 수 있다. 그 뛰어난 작품들을 여기서 다 예거할 수 없을 정도다.

오랜만에 장작을 패면서 견고한 나무의 속살로 들어가지 못하고 도끼 소리만 내고 생목에 상처만 내는 낭패의 장면을 그려낸 「어떤 산수화」도 분명 사물로 마음이 이동된 사례다. 산 위의 해님이 빨갛게 익은 눈으로 이 장면을 넌지시 내려다보았다고 한 것도 틀림없는 사물과의 교감이다. 수박이 익어 가는 과정을 세밀하게 묘사한 「수박」, 단풍이 물드는 과정을 치밀하게 점묘한 「단풍」도 사물과의 교감이 작동한 작품이다. 자신의 발톱이 빠진 전후의 사정을 포괄적으로 추적하면서 각질과 세포의 움직임까지 표현한 「빠지는 발톱의 말」은 손진은 시가 아니면 만나지 못할 사물 교감의 귀중한 재보財寶다. 그런 작품을 다 흡입하고 다음 작품에 이르러 사물 교감이 이룬 경건한 미학에 고개를 숙이고 경외와 근신의 마음을 갖게 되었다.

> 오래 병에 정들다 보니 알겠다
> 병에도 위계가 있다는 걸
> 사막의 사자처럼 센 놈이 늑골언덕 깊숙이 사무치면
> 위아래서 빼꼼히 얼굴 내밀던 치들은

얼른 엎드린다는 걸

그러다 그 정든 병 유순해질 즈음이면

꼬리뼈에 핏줄에 마음의 살들에 숨어 살던

밀사들 얼른 고갤 들어 세력 다툰다는 걸

때로 다른 불우의 습격에 스러져 간 놈들,

내 영토는 버려진 마음들과 병이 암수가 되어

식구를 들이고 곁에 눕고 몸을 내줬다는 걸

지금도 엑스레이를 보면

내 몸의 왕국 점령하고 나부끼며 쇠락해 갔던,

때로 통보도 없이 왔다 간 환후의 연혁 아련히 남아 있다는 걸

그런 줄도 모르고 미망과 헛것에 골몰했던 불모의 영지에

파란만장 술과 국밥, 울음과 다정 흘려보냈던 목구멍의 뻔뻔함!

오오래 병과 뱃동서 하다 보니 알겠다

비 온 후 공터에 키를 늘이던 잡초의 생몰처럼

내 영토에 머물다 간 그들 잘 건사하지 못했던 불우가

지난 왕국의 역사였다는 걸

—「오래 병에 정들다 보니」 전문

병에 정든다는 말부터가 예사롭지 않다. 이 단계가

되려면 병을 자신의 사유 영역으로 끌어들여 공감과 동일화의 정점에 서야 한다. 병과 정분情分을 나누어 친구 사이가 되어야 나올 수 있는 시다. 예전에 조지훈 시인도 「병에게」라는 시에서 "어딜 가서 까맣게 소식을 끊고 지내다가도/내가 오래 시달리던 일손을 떼고 마악 안도의 숨을 돌리려고 할 때면/그때 자네는 어김없이 나를 찾아오네."라고 노래한 바 있다. 조지훈은 그 시에서 병이 자신에게 "생의 외경畏敬"을 가르친다고 했다. 참으로 적절한 말이다. 병은 우리에게 외경과 근신을 가르친다. 그래서 병에게 가까이 다가가 병과 교감할 필요가 있는 것이다.

손진은 시인은 병에 "위계가 있다"고 했다. 오랜 사색에서 나온 뜻깊은 말이다. 센 병과 약한 병이 동시에 나타나지 않고 센 병이 나타날 때는 약한 병이 숨어 버린다는 뜻이다. 간신히 센 병을 다스려 어느 정도 "유순해질 즈음"이 되면 몸에 숨어 있던 약한 병들이 고개를 들고 나타나 자기들끼리 자웅을 겨룬다. 병이라는 것은 내 몸이나 마음과 분리되어 있는 것이 아니라 마음과 짝을 이루어 자식도 낳고 가족을 이루며 내 몸에 자리를 잡았다는 사실을 깨닫게 된 것이다. 그러니 사람은 병 없으면 살 수 없는 존재고 병과 더불어 살아야 할 존재다. 이것은 놀라운 발견이다. 내 몸의 엑스레이를 찍어 보면 병이 들고 나간 이력이라든가 "환후의 연혁"이 남아 있다. 모든 병의 자초지종自初至終이 내 마음과 몸에 새겨져 있다. "파란만장 술과 국밥, 울음과 다정 흘려보냈"기에 병이 생겼고 그것으로 인해 병이 나았다. 마치 공터의 잡초들이 환경이 좋으면 자라고 나쁘면 시들 듯이 내 몸의 병도 그러한 과정을 밟았다. 병을 친구 삼아 달래고 잘 건사하면 몸의 왕국도 편해질 날이 올 것이다. 그러한 깨달음이 병이 깊어져 몸이 망가진 다음에 온다는 것이 문제다. 늦게라도 이것을 시로 써서 후세에 남기면 경외와 근신의 자료가 될 것이다. 선인들이 감계의 글을 남겨 후세에 근신케 한 것처럼 손진은의 시도 그런 역할을 충분히 수행할 것이다.

여기서 끝으로 강조하고 싶은 것은 그의 탁월한 표현미학에 관한 정보다. 그의 시의 고상한 예술성은 내면의 정신이 능란한 언어 작용에 의해 향기로운 유기체로 발효되는 과정을 거쳐 우러난 것이다. 지금까지 시의 주제에 대해 말하느라고 겨를이 없었던 바, 이제 그의 능란한 언어 구사에 대해 힘주어 말하고 싶다. 앞에 인용한 시 「오래 병에 정들다 보니」에서도 병의 생몰과 진행 과정에 대해 신선하면서도 다채로운 이미지를 구사하여 시 읽은 재미가 저절로 우러나게 했다. "사막의 사자처럼 센 놈이 늑골언덕 깊숙이 사무치면"이라든가 "꼬리뼈에 핏줄에 마음의 살들에 숨어 살던 밀사들" 같은 구절은 읽는 맛을 느끼게 하면서 상황의 적실성 속으로 우리를 빨려들게 하는 진귀한 표현들이다. "뱃동서"라는 관용어를 사용하여 서민의 감각을 일으킨 다음에 "왕국의 역사"라는 거룩한 구절을 배치하여 전환의 묘미를 심어준 것 역시 특기할 만하다.

「허기 충전」으로부터 「딱따구리 소리는 날 멈춰 세우고」, 「적멸을 위하여」, 「꽃 피는 소리」, 「어떤 산수화」, 「저 꿀벌의 생」, 「단풍」으로 이어진 의성어, 의태어의 음성 상징의 배치는 시 읽는 묘미를 충분히 고조시킨다. 「팔공산 사내 이야기」의 능청스럽고 유머러스한 서사, 「정낭 개구리한테 불알 물린 이야기」의 경상도 방언을 활용한 현란한 구어의 폭죽, 특히 「추석날 아침」에서 감정을 내면화한 서사의 도상적圖像的 스케치는 근래 보지 못한 표현의 백미다. 추석날 아침에 일어난 불의의 춘사椿事를 정감 어린 휴머니즘의 어법으로 시의 화폭에 옮겨 놓는 전환의 구성법은 세상만사 조율에 일가를 이룬 대령숙수待令熟手의 솜씨라 할 만하다.

인간과 대상의 교감으로 화합의 세계를 꿈꾸고, 인간에서 자연을 넘어 사물로 교감의 영역을 확대하여 경외와 근신의 마음을 갖게 하고, 시 읽는 재미를 자아내어 원숙한 발효의 미학을 창조하였으니 이 시집은 손진은 시정신의 정점으로 안내하는 빛나는 성과다. 그의 시를 읽으며 실로 오랜만에 경외와 근신의 마음을 돋우게 된 것도 행복한 일이다. 이 기쁨의 파장이 많은 독자들에게 전해져 거룩한 생명의 파동으로 새롭게 솟아오르기를 소망한다.

그 눈들을 밤의 창이라 부른다

2021년 7월 5일 1판 1쇄 펴냄
2022년 1월 4일 1판 2쇄 펴냄

지은이 손진은
펴낸이 김성규
편집 김은경 조혜주
디자인 김동선
펴낸곳 걷는사람
주소 서울 마포구 월드컵로16길 51 서교자이빌 304호
전화 02 323 2602
팩스 02 323 2603
등록 2016년 11월 18일 제25100-2016-000083호

ISBN 979-11-91262-49-0 04810
ISBN 979-11-89128-01-2 (세트)

* 이 도서는 한국출판문화산업진흥원의 '2021년 우수출판콘텐츠 제작 지원' 사업 선정작입니다.